心を抱いて…

Miho Ishihara
石原 美穂

文芸社

心を　抱いて…

あなたの　体の熱さは
冷めきった肌に
ひととき　暑さを残す
けれど…
ふるえる心を
温めては　くれない

心を抱いて…目次

欲望

もう会わないのか？
そう聞くあなたに
答えた言葉が　伝わらない…

何だって相性が一番なんだ
男と女は　凸と凹
あうものを求めるのが　自然だろう

それだけじゃない…
首を振る私の中に

深く深く　入りこむ

これが　男の愛し方だと…

心ごと　受けとめてほしい
こぼれた涙は　ぬぐわれ　かれてしまう
あふれ出る涙は　あなただけを待ち
流れつづける

おさえつけていた欲望が
理性の扉を　狂った力で押しあける

ずっとあなたを感じていたい
私の奥で　溶かしてしまいたい

体の熱さを夢にとじこめ
現実にもどろうとするのが女
体に熱さを覚えこませ
同じ夢にもどそうとするのが男

いつだって　どこでだって
同じ心しか持てないのが女
その時　その場所で
気持ちをかえられるのが男

永遠の約束を信じ
せつなさに　耐え続けるのが女
一瞬の悦楽だけで
満たされるのが男

生まれたままの白さで
相手につくすのが女
生まれたままの形で
相手をつくのが男

かぶさってくるものを
背負って生きるしかないのが女
重い上着を脱ぎ捨て
持たせる女をさがすのが男

母性が…
甘える弱さも　ずるささえも
たまらない愛しさに　かえてしまう
女の性が…
一方的な要求も　うそでさえも

自分だけが　受け入れたいと願う
欲望
出すことしかできないのが男
あふれ出たものも
流しこまれたものも
飲みほすしかなくなるのが女

本能

声が聞きたいだけだと
いいわけをしてみた
話のできない時間が
本能を叫ばせる…
会　い　た　い

顔を見たいだけだと
いいわけをしてみた
会えない日々が
本能を叫ばせる…

触　れ　た　い

体温がほしいだけだと
いいわけをしてみた
忘れられない感覚が
本能を叫ばせる…
ひとつに　なりたい

鏡

もう　あばれだしてはだめよ
理性を脱げない私が
鏡の奥のもうひとりに　声をかける

心の叫びは　きっと同じなのに…

孤独を感じないふりが
上手になっただけのひとりと
孤独をぶきにするほど
とじこめられていくひとり

きれいな言葉　ならべてみても
本当の強さはもてなくて
居場所さがして　泣いてみても
やさしさに気付くことはできない…

何かをなくしたことも
思い出せないひとりと
どこかで　歩く方法さえ
忘れてしまったひとり

寂しいという感情
置いてきたひとりと
淋しい思いの下で
動けなくなったひとり

心の叫びは　ひとつなのに…
鏡にうつる　つくった笑顔は
心をみつけてと
涙をかくしつづける

名前

さいごにつく「子」というひびき…
ずっと好きになれなかった

名を聞いてくる人たちがいる
いつしか　それを消した音だけ
伝えるくせが　できていた

かわいい名前だと
思ったとおりの言葉が返ってくる
なれなれしく

何度も呼ばれることもある
笑顔をむけて　心で叫んでやる

私は　そんな名で生きてきたんじゃない
ひとつ欠けたって　私なんかじゃない

名前を　覚えてよ
すべて　知ろうとしてよ
私の声　忘れないでよ

他の誰とも　同じじゃない
私は　この世に　ただひとり…

偽り

あなたの香りが
体の中に　しみこんでいる
忘れるためには…
他の臭いをこすりつけるしか
ないじゃない

あなただけのくせが
頭の中から　はなれない
忘れるためには…
ちがう動きを知ること以外

ないじゃない

あなたのつけた傷が
心の中で　痛みつづける
忘れるためには…
何かをおおってしまうしか
ないじゃない

みんなうそ…
あなたの言葉
あなたへの思い

すべて偽り
あなたの約束
あなたへの心

罰

となりにある　細い肩
あなたが　大切にしているもの
あなたに　まもられているもの

そばにいたいという　かすかな願い
かなえてくれる人はいない
許してくれる人もいない

どんなに　笑い声にかこまれても
どれだけの指にさされても

涙を見せてはいけない
声を出してはいけない
ただひとり　姿を消していく…

それが　愛されたいと思った
私の罰

あなたはいつも
問いかければ　ごまかした
追いつめれば　逃げだした
立ちあがり歩こうとすれば
しがみつき　ひきもどした

本気で流した涙を
ただ笑って　みていただけ…

さびしいと叫んでいる心を
すぐそばで　ながめていただけ…

かたく醜い　あなたの心のよろいを
きずだらけになった私の心だけが
こわして　中に入りこんだ

限りなくあふれ出る　血も涙も
たったひとつの命さえも
すべて　あなたのため…
きずをふさいでくれるのは
あなただけ…

信じた心…
私の中に見つけられない

とどまる心…
ひとかけらも残っていない

あなたはきっと
姿の見えない私を
さがしつづける

ほかの物では　埋まらない
ほかの者では　代われない

それが愛そうとしなかった
あなたの罰

きずな

私の欲しいもの…

偽りのない心
ずっとかわらないでいてくれる心
うそをつけない私を
抱きしめてくれる心

あなたの笑い顔を
となりで見ていたい
あなたの涙を

すべて受けとめたい
あなたの悲しい強がりを
包みこんでしまいたい

ためいきのわけも
つくり笑うさびしさも
私だけは　気付いてあげられるように…

ひとつだけでいい
信じられるもの
あなただけでいい
心をあたためられるもの

すがたも役割も
ぜんぶはずした　私らしいひとりが

かたちも　肩書きも
なにも持たない　そのままのあなたと

心のまま　命すべてで
つながっていたい

あなたと欲しいもの…
こわれることのない
ふたりだけの
き　ず　な

孤独

宝石がみつからない…
どこをさがせばいいの？
輝いてみえた石をひろってみても
私の中で　光を失っていく

明るい場所がみつからない…
どこを向いて歩いているの？

あたたかい空気を感じた
かすかに音が聞こえた

私はここだと叫んでみても
どれだけ手をのばしても
届かない…

すくいだして…
支えてくれれば
きっと歩くことができる
ここから出して…
この目で　すべてが見える所へ

いのち

もう…
悲しい指令は出さなくていい
そういえた時
光をあびることが　できるでしょうか？

とりえがなくても
きれいでなくても
一瞬でいい…

最後に光の中

立つことができるでしょうか？

ほめてもらえなくても
責められてもいい…

愛されるためのうそ
つかなくていいなら
忘れるためのうそ
つかなくていいなら

心の言葉を　声にしてみたい
もう一度　生まれかわれるのなら
たったひとりのあなたと
出会うことができるでしょうか？

その時あなたは
今の私を覚えていてくれますか？
その時の私は
ずっとあなたと愛し合えますか？

素直に涙を流す
笑い顔が愛らしい私になっています

心だけは　今のままの私が
何もかわらないあなたと
めぐりあえたのなら…

私だけを見てくれますか？
一緒に生きることができますか？

やすらぎ

ここにおいで…

やさしい笑顔が　私をよんでいる
ひろげるその腕は　私をまっている

そっと体をあずければ
愛おしいと　髪をなでてくれる
涙があふれないように
まぶたに　唇をあててくれる
小さくふるえる肩を

抱きよせてくれる

あなたの胸のこどうを
私だけが聞いている
吹きかかるあなたの息を
私だけが感じている

それだけでいい…

はだかの心のまま
あたたかい胸の中で
眠りたい…

笑い方も　忘れてしまったあなたへ…

心の扉　かたくとじて
ふさぎこんでいる…

ずっと　おさえていた涙
こぼしてみればいい…
すこしずつ　すこしずつ
さびしさを　つれだしてくれる

心の扉　そっとあけて…

顔は　ふせたままでいい
誰にも　わからないように
ほんの　ちょっぴり…

今は　やさしいと感じるものだけ
入れてあげればいい…
すこしずつ　すこしずつ
心を　あたためてくれる

笑ったあと　ためいきつくの
くせになっていたね
言葉が　とぎれると
いつも　遠くをみつめていた

心の中で　どれだけ泣いても
涙にかえる場所　みつけられなくて
笑い方をつくること
おぼえていったんだね

もう　言葉は　さがさなくていい

思いを　そのまま　声にすればいい
心といっしょに
歩いていけば　いい…

消えないきずが
いくつも　残っていたって

あたためてきた夢は
なにも　こわれていない…

瞳のおくの　やさしい輝きも
心のおくの　あつい思いも
みんな　あなたのままだから

忘れないで…

かなしい思いは
私が　あたためる…
さびしい心は
私が　だきしめる…

本当の笑顔が　もどるまで

ずっと　そばにいる…
心のまま
扉を　あけて…
あなたの　好きな自分で…
きっと　あたたかい風に
出会うことが　できる

月

思いが　生まれても
形にできない　愛
法則には　さからえず
ひとり　姿をかくす…

〈微笑み　思いをふくらませる月〉

はじめて　一緒にみた月は
生まれたてだったね

はずかしそうな姿を
星たちが　微笑みでかこむ…

すべてが　やさしい夜空だった

時は　ながれている
そんな　あたりまえなことも
忘れていたね

ただ　月が…

あの夜　ふたりでみた月が
少しずつ　輝きをひろげている

月あかりだけで
あなたの笑顔に　会えたとき

私は　ひとりじゃない…
あなたが　愛をくれる
怖くなんてない…
あなたが　光をくれる

あなただけを　信じた…

明日の私は　今よりきっと
あなたを　欲しがるでしょう
明日の私は　今よりもっと
あなたを　恋しがるでしょう

おさえられない思いが
出会ってしまった　ふたつの心が
運命だって　こわしてくれる

なくしたくない時を
星たちが　みつめてくれる
はなれたくない　心たちを
夜空が　包んでくれる

今　同じ月の下で
あなたと　ひとつになれる…

許されるはずのない思いを
この月は　愛とよんでくれる

行く先のないふたりを
この月だけは

きっと　きっと
許してくれる…

〈心のすべてで　輝く月〉

この夜空に　ひとつだけの月が
すべての光を　すいこんでいる
この世に　たったひとりの私が
すべてのものを　ふりむかせている

今夜　私は…
一番　美しい姿で
あなたに　会いにいく

あなたがくれた光が
輝くことを　おしえてくれた

あなたが　愛をくれたから
ここに　こうしていられる

私は今　きれいですか？
あなたは今　私だけをみていますか？

ふさわしい女に　うつっていますか？
あなたのとなりに　おいてくれますか？

ずっと　ずっと
愛して　もらえますか…

ふたりの心が　同じでいれば
ふたつの心が　離れずにいれば

涙が　ながれるのを
時が　ながれていくのを
とめてしまうことが　できる

どうか…
時よ　うごかないで
心よ　にげていかないで

いまある姿で
いまのままの　ふたりで
いさせてください…

欠けていく　現実を
消えていく　運命を

今夜だけは　忘れさせて
同じ夜に　もどれないなら
時だけを　恨みたい…

一夜だけで　いい
一番きれいな私で
微笑みつづけるために…

〈うつむき　瞳をとじる月〉

この目を　ひらいて
あなたの姿を　さがした…
夢は　朝の光に消されている

瞳を　とじて
あの夜のあなたを　さがした…
夢は　時の流れに消されている
もう一度　心をみつけたくて

月を　さがした
もう一度だけ　夢にかえりたくて
月を　さがした

ふたりでみた月
一緒にみた　同じ月…

消えるはずのない愛を
あなたの中に　みつけられる…

月は
星たちに　ささえられ
最後の思いを　残していた

忘れないで…

心を　おいていかないで…

これが　あなたへの思い
これが　私の愛の形

声を　失っていく月
心だけ　残していく私は

ただ　ひとり
涙を　おとす…

〈姿を　かくす月〉

しずかな　星空に
月だけが　姿をかくす…

夢を　心にとじこめるために…

私が　去ったあとも
月は　また生まれる
なにもなかったように
同じ姿を　くりかえす

けれど…

同じ月に　会うことはない

消えることのない
忘れることのない月は

私の心の中で
かわらない光を　放つ…

誰の目に　うつることもなく
届くことのない　光を

私の心の奥で
あなたに　送りつづける…

たったひとりのあなたへ…

〈春〉

電話のむこうに
やさしいあなたの声が
聞こえました…

ここにいるのに
あなたは　もう

私の声　みつけてくれないのですか

私の知らない　あなたが
私ではない　誰かと
一緒に　歩いていても

心の奥で　淋しさをわけあえるなら
心の奥を　あたためあえるなら

あの夜の出会い　大切にできる
あなたとなら　深い絆にできる

ごめんね…

私の心は

愛することを　知りません
愛を欲しがって
泣くことしか　できません

春は　そこまで来ているのに

あたたかい風に　身をまかせても
あなたと降りることのできる場所は
私には　みつけられません…

〈夏〉

あなたの声…
聞くこともできなくなって
もう　どのくらい
時間が　すぎたのでしょうか

元気でいますか？

あなたの　心の片隅に
私を　残してくれていますか

今年は　星がみえます…
おり姫は

ひこ星に　会えたでしょうか
いつか　ふたりで生きられる
たとえ　ふたりが
違う場所で　時を重ねていても

おり姫は…
愛する人のために
この　一夜のために

せつなさも　恋しさも　淋しさも
心の奥に　とじこめて
一番きれいで　やさしい姿で
会いにいく

約束　言葉　心
信じられること…

それが　愛なのですか?

私は　もう…
待つことさえ　できなくなりました
心を　置いてきた場所に
もどることも…

あなたを想い
ゆびおり　時を過ごせるのなら
おり姫に　なりたい…

〈秋〉

風が…
さびしいと感じるようになりました

私はまだ　この中に
せめて　あなたの便りだけでもと
さがしつづけています

恋しい気持ちは
いつか　うすれていく
心の痛みは
きっと　時が忘れさせてくれる

どんなぬくもりでも
かまわない…
みせかけの　あたたかさでいい…

けれど　あなたじゃない人は
誰も　あなたになってくれません

てれくさそうに　笑うところも
うそをつくのが　へたなところも
本気で　おこってくれたあなたも
抱きよせて　泣かせてくれたあなたも

みつけることは　できません

残していったすべてが
思い出に　かわらないのなら
この想いが
あなたに　届くことがないのなら

あなたのそばを
はなれようとしない　私の心を
かえして　ください

〈冬〉

心まで　凍りついてしまいそうな
こんな　夜
あたたかく　包んでくれたのを
まだ　覚えています

あれは　長い夢だったのでしょうか

さめても　まだ…
目を　とじれば
待っていてくれた笑顔に
出会えます

一人で笑うことに
少し　慣れた気がします
笑わずにはいられない淋しさが
涙を　からしてくれました

もう少し　素直になれていたら
今も　あなたは
となりにいてくれたでしょうか
信じる勇気を　持てたのなら
かけがえのないものに
なっていたでしょうか

生きていくってことも
愛するってことも
あなたが　おしえてくれたのに…

私の心は
他人の背中に
夢のつづきを　求めています

たとえ　夢の中でも…

会いたい
たったひとりのあなたを
待ちつづけています

ふたりごと…

さびしさに　負けてしまいそうな夜
幼い声が　聞こえてくる

忘れたつもりの　もうひとつの声
心の奥に　とじこめた
もうひとりの　私…

〈じゃんけん〉

じゃん　けん　ぽん
あいこで　しょ

みんな　なにをだすのかなぁ
まけるの　いやだな

おにになるとね
めをかくして　かずをかぞえるんだ
ひとつ　ふたつ　みっつ…

めを　あけるとね
まわりに　だぁれもいないんだ

みんな　どこかに　かくれちゃうんだ
だから　だからね
あとだし　するんだよ

みんなに　ばれないように
だれにも　きづかれないように

ヒトリボッチニ　ナラナイタメニ…

あと出し…
だいぶ　上手になりました

見える笑い顔の中に
本当の顔が　あること

わかるようになったから

かけひきも
上手になった　気がします…

うそで　心をかくせば
笑い顔はつくれること
わかるようになったから

きらわれないための　うそ
きずつかないための　うそ

涙を　とじこめてしまえば
悲しみも　出てはこれない…
涙は　こぼしてしまえば

淋しさに　かわるだけ…

相手の心をさぐって
出す自分を　決める…
自分の心を　守るために
相手の出すものを　さぐる…

〈はないちもんめ〉

あのこが　ほしい
このこが　ほしい

なまえをよばれるとね
ふたりで　じゃんけんするんだ

みんなの　まえで
みんなのこえの　まんなかで

かったって　まけたって
どっちだって　いいんだよ

だって　みんなわらってる…
まっているのは
えらばれることなんだから

アノコガホシイ　コッチニオイデ
コノコガホシイ　ココニオイデ…

誰もが　手をつないでいます
はなれないように…
はなさないように…

誰もが　両手に
なにかを　つかんでいます

いくど　離れたって…
いくど　放したって…

私は　いつもさがしています
私だけが
いつまでも　待っています

そっと　手をさし出してくれる人
ずっと　手をつないでくれる人

私の名前は
呼ばれることは　ありません

こんなに　人がいるのに
これだけ　ひとりでいるのに

私が欲しいとは
誰も　いってはくれません

〈かくれんぼ〉

もう　いいかい
まぁだだよ

どこに　かくれようかな

すぐに　みつからないところ

みんなのこえが　きこえるところ
みんなのかおが　みえるところ

もう　いいかい
もう　いいよ

ひとり　ふたり　さんにん…
おなじところに　あつまっていく

みぃつけた

また　ひとり
わらったかおが　ふえる

こんなに　ちかくに
みんなが　みえているのに

ワタシハ　ココニイマス…

どうか…

心の叫びを　聞いてください
だれか…
本当の心に　気付いてください

どうすれば　さがしてくれますか
どうなれば　みつけてくれますか

かくれたものを　みつけるのが
かくれんぼ…

かくしたものは
いつまでも　さがしてくれません

〈おにごっこ〉

おにさん　こちら
てのなる　ほうへ

みんなのこえが　きこえる
あっちから　こっちから

みんなのこえに　てをのばす
あっちかな　こっちかな

どこを　あるいてるんだろう
どっちを　むけばいいんだろう

こえが　いっぱいきこえるから
いっぱい　てをのばしたのに

ダレニモ　トドカナイ…

目かくしを　はずしてみました

私のまわりに　あったのは
冷たい　笑い顔でした

いくつも　いくつも
見えました…

ここまでおいで
私を　手まねきで呼びます

そこまでいけば
みんな　逃げてしまいます

この目で　見えるようになったのは
こっけいな姿を　笑っている
みんなの　同じ顔だけでした

〈つみき〉

おしろを　つくろう…

だれにも　こわせない
なにがあっても　くずれない

すごく　たかくて
とってもひろい　おしろだから

だいすきなひとたちと
みんなで　ずーっと
いっしょに　いられるんだ

そんなおしろを　つくろう…
キット　ユメヲ　カナエテクレル…
ひとりで　ひとつずつ　少しずつ
積みあげる

何度　崩れても
もういっかい　もういっかい
たった　ひとつの手で
積みあげていく…

こわれないように
こわさないように

いつかは　できる…
きっと　みつけられる…

心のまま　涙をながせるところ
本当の笑顔に　会えるところ

………

いいこで　いるよ
わがまま　いわない

甘えるなんて　ずるいこと
さびしい心なんて
捨ててしまえばいい

ないたら　いけないいんだよね
かおが　よごれたら
もっと　きらわれちゃう

悲しいなんて　ただのいいわけ
涙の流し方なんて
忘れてしまえばいい

くらいよ　こわいよ
ここから　だして…

ひとりで　たつよ
ころんだって　ちゃんとおきあがる
いっぱいあるくよ

やすんだり　しないから

だから　だから
おいて　いかないで…

てのひらって　おおきいの？
ひざのうえって　やわらかいの？
むねのなかって　あったかいの？

あたまは　なでられると
くすぐったいから　わらうの？

私のことが　好きですか？
私はなぜ　ひとりのままですか…
私を　愛してくれますか？

私はなぜ　動けないままなのですか…
涙は　ひとりだけでこぼすものですか
唇は　ごまかすために動くのですか
心は　誰のためにここにあるのですか

ふたりごと…
今夜も　出口をみつけられずに
ふたりとも…
眠りに　すいこまれていく

いつもとかわらない光が
涙のあとを　消してしまう…
なにもかわらない　ひとりを

めざめさせるために…
きのうと同じ場所を
歩きつづけさせるために…

著者プロフィール
石原 美穂（いしはら みほ）
神奈川県在住

心を　抱いて…

2003年12月15日　初版第１刷発行

著　者　石原 美穂
発行者　瓜谷 綱延
発行所　株式会社文芸社
〒160-0022　東京都新宿区新宿１－10－１
電話　03-5369-3060（編集）
03-5369-2299（販売）

印刷所　図書印刷株式会社

ISBN4-8355-3755-6 C0092